GEOGRAFIA DOS LUGARES-COMUNS

daniela frias guerra

URUTAU
2024

O —

editora Urutau

rua dr. manuel pacheco nobre, 109, 4 esquerdo
2830-080
barreiro (setúbal)
portugal

rua do cajú, 478
jardim das cerejeiras, 06724-015
cotia-sp
brasil

[+351] 928053619 [portugal]
[+55] 11 9 4859 2 426 [brasil]

www.editoraurutau.com
original@editoraurutau.com

[EDIÇÃO]
debora ribeiro rendelli
tiago fabris rendelli
wladimir vaz mourão
[REVISÃO]
juliana palermo
[IMPRESSÃO]
iverso
[ISBN]
978-65-5900-769-1

sumário

[40] oftalmologia
[41] fosfeno
[42] infinito vão
[43] esquecimento
[45] equador
[46] juventude
[47] voo
[48] brisa
[49] ilha
[51] monções
[52] mergulho
[53] exemplo
[55] infância
[56] natação
[57] avó
[58] herança
[59] chuva
[60] outono
[61] solidão
[62] luto
[64] antagonia
[65] guerra
[66] metrópole
[67] retorno
[68] abertura
[69] eleições

[70] cinzas
[71] silêncio
[74] acidente
[76] saudade
[77] paradoxo
[79] desilusão
[81] verão
[82] jacarandás

Os lugares são
a geografia da solidão.
São lugares comuns a casa a cama.
Manuel António Pina

para a minha irmã,
que contém em si tudo o que me originou.

ABRAÇO

Gostava que a paixão
passasse
com uma manobra de Heimlich.

HERÓI

Ninguém diz o meu nome como tu,
como se em cada vocativo
me reconhecesses viva,
património protegido entre duas vírgulas,
entre duas respirações discretas
que me mantêm visitável
mas intacta.

O herói de cada um descansa na boca.
Na maneira como emprestamos a respiração
ao afogado,
como sugamos o veneno,
o pico,
a farpa,
o sangue.
Na maneira como lambemos
as feridas,
no sussurro quente
de uma oração.

Mas, sobretudo, na maneira como
nos beijamos.

ATRASO

Sinto-me sempre atrasada para a minha própria existência. 25 anos e a frase que mais digo é "não sei, não conheço". Eu esforço-me para ler jornais, ver exposições, acompanhar a política, ser culta, ser eficaz, dormir mais de sete horas por noite, cozinhar a horas, comer saudável, fazer exercício, devolver chamadas, desmantelar o racismo estrutural com que nasci, encontrar os amigos, evitar o colesterol alto, aceitar todos os corpos, ser bem disposta, boa companhia, uma amiga presente, uma filha dedicada, uma profissional competente, uma prima divertida, pôr creme para não ter borbulhas, sorrir, trocar regularmente a escova de dentes, ter boa postura, engolir o choro, responder às mensagens, não espremer as borbulhas, gastar pouco dinheiro, ter a casa limpa, ir ao cinema, ir ao teatro, não ser forreta, ler poesia, ser activamente feminista, corrigir os tios à mesa, ler livros, ver as notícias, acompanhar as séries, beber muita água, não tolerar machismo, tomar duche, não tomar demasiados comprimidos para a dor de cabeça, não ter pêlos porque não gosto e não porque a sociedade não me permite, lavar a roupa, apanhar sol, não deixar escalar a dor de cabeça por não tomar comprimidos, ter uma condução defensiva, condenar políticas de trabalho que alimentem a precariedade, usar impermeável em dias de chuva, estacionar em sítios legais, defender a imigração, ter o quarto arrumado, usar protetor solar, tratar do IRS, marcar consultas para não perder a médica de família, levar guarda-chuva, não faltar, hidratar o cabelo, cuidar das unhas, estudar, ser proactiva, consciente, hidratar a pele, os lábios, ter vida sexual quando quero porque posso, viajar, reciclar, poupar, imaginar ser mãe sabendo que não há mal se não for, tomar métodos contracetivos perguntando-me porque não existe pílula masculina, lembrar o meu companheiro das tarefas domésticas, ter os dentes brancos, usar soutien adequado à camisola, sangrar, regar as plantas, pô-las ao sol, limpar as migalhas, explicar as consequências de sangrar para que deixe de ser um tabu, levar o lixo, explicar que às vezes só uso soutien porque os olhares de homens rebarbados me deixam desconfortável, voltar sozinha à noite para casa porque é meu direito, escrever mensagens aos amigos a dizer que cheguei bem, lavar a loiça, pagar as contas, nunca esquecer a renda, nunca ser razão de queixa para os vizinhos, nunca ser razão de queixa para ninguém, fazer a cama todas as manhãs, ser pontual, levar os sacos para as compras, não deixar ninguém à espera, manter a vaidade, sair à noite, beber um pouco de álcool, não perder o controlo, separar bem a roupa para não desbotar na lavagem, dançar, brincar com crianças mesmo quando não tenho paciência, não ceder à vaidade, visitar sítios novos, comprar roupa de forma sustentável, defender os serviços públicos, fazer backups, escrever poemas, usar as canetas até ao fim, desenhar para não perder a mão, ter força de braços.

Faço tudo. E nunca vou a tempo da felicidade.

USUCAPIÃO

Nasci 23 anos depois e tomei '74 por usucapião.
Sinto-me capitã honorária de abril
por lhes ter herdado orgulhosamente
a liberdade junto com Portugal na nacionalidade.
Nunca vivi se não metaforicamente exilada
e não descuido no mínimo de existência,
no mínimo de exigência:
a paz, o pão, habitação; saúde, educação.
Eu trago abril inteiro na boca:
o Zeca, o José Mário Branco, o Sérgio, o Fausto,
a revolução dos cravos encarnados,
a revolução dos cravos encarnada
num pedaço de gente de um metro e 64.
Segundo o meu cartão de cidadão,
faltam-me dez centímetros para a poesia.

JARDIM

Quando a minha avó chegou a Angola,
a primeira coisa que fez foi plantar flores
no seu quintal arenoso no meio do mato.
Eu não tenho terra para germinar,
a vida que quero lavra em cimento
no centro da cidade, ainda assim, tenho
medo, tanto
medo de só conseguir pagar uma casa
onde não haja sequer luz suficiente para a
minha própria fotossíntese.

DUNA

No meio do deserto,
duna acima,
o caminho feito
sobre o trilho do outro
leva-me, passo sobre pegada,
a um lugar mais perto do céu.
Se não fossem as vertigens,
juro,
pensaria que me enterravam.

CULPA

O que resiste tem o teu nome.
Gonçalo M. Tavares

A pandemia, a guerra, a inflação.
Conto os tostões para pagar a renda,
o supermercado, aguentar o mês ao
perpetuar as burguesias que são direito do povo.
Sinto a culpa de emigrar
e abandonar os meus pais ao envelhecimento;
a culpa de não ter coragem para isso
e cumprir a pena suspensa da precariedade,
culpa em perpetuar a tolerância
deste antagónico caos melancólico que é Portugal.
Culpa por esta energia inerte que é a fraqueza
de não te ter esquecido ao fim destes anos todos.
Não me orgulho de nada do que escrevo
mas digo a verdade.

Tenho a revolução à porta e, ainda assim,
dou por mim a esperar por ti como se só houvesse amanhã,
fazendo da minha maior esperança
aquela de um futuro que te traga.
Não acho justo que,
perante a dimensão dos problemas do mundo,
aquilo que mais me doa continues a ser tu.

BAGAGEM

Há muita coisa que perde sentido na viagem
mas continua na bagagem.
Por exemplo, não faz sentido pensar nele
mas ainda me rio sozinha ao lembrar-me
da forma desajeitada como me beijou
pela segunda vez.
Eu escrevo as coisas que não importam
porque são a minha identidade. E tantas vezes,
quando me pergunto a quem falo,
percebo que sou a minha maior espectadora.
Dou por mim a pedir perdão por escrever,
pergunto-me se um homem faria o mesmo.
Sou privilegiada, sim. Mas, como mulher,
estou condenada às brechas:
à salarial,
à dos cargos de chefia,
à da representação política,
à do estudo científico,
à da expectativa do trabalho doméstico e

à brecha que tenho entre as pernas.
A minha identidade nasceu marcada
por diferenças contra as quais eu luto,
nasceu manchada pela história mal contada de um país:
os templos lindos caiados que implantaram
na minha memória
são também os tempos horrendos e calados que ressuscito
na minha existência.
Sinto-me, por isso, a passar a rascunho
tudo o que foi escrito a limpo.
As minhas expectativas deixam-me
no intermédio de ser capaz.
Apenas estou viva, não sou especial,
não há material para artigos científicos
na sedimentação do meu corpo.
Simplesmente aproveito o choro para aguarelar
as linhas da certidão de crescimento.
A geografia dos lugares-comuns é uma forma
de mapear as pequenas importâncias
e de garantir que continuo sempre perdida
e sempre à minha procura.

ÂNCORA

Já pensei em nunca mais te dedicar
nem uma palavra,
engolir em seco todos os versos
que quiser escrever sobre ti.
Mas morro de medo
de nunca mais na vida
traçar uma letra que seja,
que me fiques engasgado,
entalado na garganta
como um nó marítimo
que ancora um barco
ao seu próprio naufrágio.

NÓ

Os nós dos dedos
ligam
falanginhas e falangetas.
Ainda estou por descobrir
o que une
um nó numa garganta.

INVENÇÃO

Tenho esta ideia de que sinto mais
do que os outros e de que nunca
ninguém vai amar tanto alguém
como eu te amei a ti.
Mas nem eu te amei tanto assim.
Nem eu.
Às vezes acho que Dorival
estava errado e que
quem inventou o amor
fui eu.
Logo eu,
que nunca parto nada,
nunca parti um prato,
a única vez que parti
foi num pranto,
logo eu,

fui partir o coração.

FENDA

Se tudo desmorona à volta
se as muralhas cedem
se as casas desabam
se todos os inimigos parecem
ter-se unido contra
se todos os amigos parecem
ter-te abandonado agora:
procura pela fenda desde dentro.

AMULETO

O teu nome,
tão pequeno,
é o meu maior amuleto,
entalado nas cordas vocais
como já entalei
crucifixos nos dedos.

RUÍNA

A fase mais bonita de uma obra é a ruína.
Percorrê-la é um exercício de omnipresença
e talvez o fascínio pela destruição
venha do facto de aquela persistência
parecer devolvê-la à natureza,
como se sempre ali tivesse estado.
Quem sabe, as minhas ossadas sejam
a ruína do meu corpo,
todos os meus eus à distância de uma porta aberta,
a minha versão mais verdadeira.
Penso muito na minha morte.
Não me angustia,
sinto até alívio no peso com que sou sufocada —
o amor parece-me uma razão digna para morrer.
Cumpra-se apenas esta última vontade:
quero que no meu epitáfio se leia "finalmente".

ETERNIDADE

Só de pensar em perder os meus pais
apetece-me morrer primeiro.
Só de pensar na dor que isso lhes traria
apetece-me que sejamos eternos.

CURVA

Apesar da consciência volumétrica,
penso sempre no meu peito em linhas retas,
a união direta entre pontos com tantos pontos
contidos em si.
Eu tendia a traçar torto,
nas aulas de desenho diziam-me,
para traçares direito fixa o ponto onde queres chegar,
eu falhei tantas vezes o ponto onde queria chegar,
o meu peito apertado numa curva perigosa
dupla linha contínua
sinais verticais a anunciar
proibida a ultrapassagem
papel molhado transparente frágil
foste tu que cometeste a infração grave
mas fui eu que me perdi —a mim, à carta —,
ainda não tinha passado o regime probatório,
faltavam dois anos,
tantos erros.

Não sei que dia é hoje
o que me dói
que estrada é esta,
é sinuosa,
vão devagar.
Eu enjoo nas curvas.

EXÍLIO

Quando voltar do exílio, prometo
relembrar-te todos os lugares onde foste.
Dentro do meu peito, ocupaste por inteiro
o lugar do coração que, na partida,
se pôs do tamanho de uma semente.
Devo-te, por isso, a vida.
Quando voltar do exílio, espero
retomar a coragem de crescer
árvore com copa e frutos,
que nos dêem sombra e doçura às
memórias da tarde quente.
Quando voltar do exílio,
se alguma vez voltar do exílio,
porque voltar é, também,
uma espécie de asilo
da loucura que foi deixar-te.

DESCENDÊNCIA

Os meus filhos vão poder ser o que eles forem,
o que eles quiserem.
Tudo

menos infelizes.

CASA

às sementes

Uma casa
é uma asa
com c de chão.

CONCÍLIO

Um dia cumpriu-se
um concílio de estrelas
e o céu
naquela noite
naquele lugar
foi um diamante.

DESERTO

A cidade está deserta
ninguém escreveu o teu nome
em parte alguma, tudo permanece
e demora e devora
o silêncio deixa tudo intacto.
Assim torna-se mais difícil
perceber onde começa
o fim do mundo.

QUEDA LIVRE

Pende no limiar dos meus lábios
a promessa da eternidade,
como
pende no limiar do precipício
meu aferro na vertigem.
Talvez o meu hábito
de sofrer por amor
seja mais conforto
do que heresia.

INFINITO VÃO

I.hipocrisia

Já todos estivemos na ombreira de um grande amor
e escolhemos não atravessar.

OFTALMOLOGIA

Dizem que, se passarmos
quatro minutos ininterruptos
a olhar alguém nos olhos,
é muito provável que nos apaixonemos.
Isto dá-me três opções:
a) não acreditar;
b) ter muita pena dos oftalmologistas.

FOSFENO

Às vezes esfrego os olhos
com muita força,
na esperança de que o fosfeno
una os padrões luminosos
numa pintura impressionista
que me devolva à memória
o teu rosto.

INFINITO VÃO

II.abandono

A saudade abre-se num infinito vão sobre o meu peito — e vazia sigo chorando.

ESQUECIMENTO

Quis tanto esquecer-te.
De olhos abertos, não seria capaz de descrever
o teu rosto nem as tuas mãos.
Com esforço, apenas milimetricamente o remate
do teu cabelo da nuca ao pescoço e,
sem hesitação, a agonia
que me traz não percorrer esse caminho.
Depois do tanto que fiz por te apagar,
é certo que o teu corpo se esvaiu da minha
memória deixando pouco rasto,
somente o espaço que ocupas,
sei de cor o espaço que ocupas,
e posso descrever geometricamente
o tamanho da tua ausência.
Principalmente, entristece-me que, antes de tudo o resto,
tenha esquecido a cor dos teus olhos.
E é difícil para mim explicar
a angústia que me traz fechar os meus e
por impulso

desenhar cegamente o que não vejo
para no fim me deparar com o teu perfil
traçado na folha em branco.
Eu não tenho medo da folha em branco, eu
tenho vergonha. Apaixonei-me
por uma pessoa que me deixou e me roubou
todas as palavras.

EQUADOR

Gaia acende a luz mais cedo
por isso quase pode testemunhar-se
a olho nu
o equador na ponte da arrábida.

JUVENTUDE

Dos meus verões de juventude
guardo os encontros fugazes no pomar,
madrugadas irrequietas de
sorrisos ao virar dos corpos
como esquinas, beijos como fruta
da época, adoçada pelo sol e suculenta,
escorrida pela camisa como quem abençoa
um corpo com promessas de amor e eternidade.
Era esse perfume a única prova de felicidade,
o instrumento de salvação que depois cheirava
na tentativa desesperada de sobreviver
à distância impiedosa das estações.

A eternidade, para minha surpresa,
durou precisamente a vida inteira.

VOO

De quando em quando,
assalta-me a mente
a memória do teu incómodo
ao pousar-te a mão no ombro.
Achei tão antinatura
como um galho partir-se
com o peso de um pássaro –
só que eu não sei voar.

BRISA

Conheço-me na tua sombra,
dentro da frescura dos teus contornos
a única possibilidade
de sobreviver ao verão.
O esvoaçar da tua camisa
faz-me lembrar os ramos das árvores
que cedem à brisa
como uma vez
eu cedi ao teu riso.

ILHA

Um dia perguntaste-me
quem é que eu levaria para uma ilha deserta.
Era de madrugada, e o caminho
que insistias que eu não fizesse sozinha
talvez me deixasse a espinha susceptível a arrepios.
A resposta
(tu)
óbvia e imediata
ficou entalada algures na hora adiantada
e na incerteza da interpretação
daquelas letras tão pequenas,
onde cabia o mundo que hipoteticamente haveria
por fazer melhor.
O teu cais, instável e tão seguro,
sempre temi que fosse o embarque de um naufrágio
no dia em que partisse sozinha,
as rotas sem ti pareciam irresolúveis,
os nós marítimos todos na minha garganta.

A resposta,
ainda óbvia, já não imediata,
um dia talvez salte boca fora
mas talvez já não fira ninguém.

MONÇÕES

Alterações climáticas na boca do mundo,
a península em seca, animais com sede,
culturas mortas, agricultura em crise.
E nos meus olhos monções.
Nos meus olhos, não haverá
dimensões onde tu não chovas.

MERGULHO

Os teus olhos azuis rasos de água
fazem lembrar a preia-mar.
Não foi fácil sequer admiti-lo a mim própria
mas não resisto a dizer-te
tu triste
ficas tão bonita.
Não duvides que eu paro para escutar
a água que corre insubmissa dos teus olhos
e que secretamente construo um barco
para que sobrevivas incólume às cheias,
mesmo que rasgues a temperatura com a ponta dos dedos
e meças a vontade do mergulho.

EXEMPLO

A minha irmã é assim:
pega a minha mão
antes de eu saber que mãos servem para pegar.
Encosta a cabeça ao meu pescoço
antes de eu saber que pescoços servem para encostar.
Lembra-me que o encaixe primeiro é o do nosso abraço,
mesmo antes dos meus braços,
na memória que ela deixou
para a geração dos corpos no útero da nossa mãe.
Sempre na proporção de eu pequena e ela maior
em tudo:
no tamanho dos corpos
no tamanho do coração
na sabedoria
na calma
na bondade.
E desde o início faz isto:
desce ao meu tamanho
para me ensinar a crescer.

A minha irmã é assim:
o meu melhor exemplo.

INFÂNCIA

Não vivo muito
saudosa da minha infância —
apesar de ter sido muitíssimo feliz —
gosto da minha idade
e de tudo o que aprendi.
Mas sinto falta de um mundo
onde os astronautas traziam
estrelas para casa
para pô-las a brilhar
no teto do quarto dos filhos.

NATAÇÃO

Lembro-me de quando nadávamos até perder o pé
e nos afundávamos até tocar o fundo,
mesmo sabendo que o chão podia estar tão longe.
Aí sentia-me sempre corajosa,
não ter pé não era problema,
nadar era até uma espécie de voo,
era ter controlo sobre a vida
e muita confiança na maré.
Sempre fui mais do mar do que da terra,
talvez porque encontro no mar essa
forma silenciosa de comunicar com o céu.
Mas, se pensarmos em percentagens,
ser do mar
é uma forma muito ampla
de ser da Terra.

AVÓ

O napron com que cobrias a mesa de apoio,
eu sei que gostavas dele
paralelo às arestas,
com o candeeiro por cima.
Foste tu que o teceste
avó
com a ponta dos dedos de dominar agulhas.
Eu vi-o tantas vezes
e nunca o senti
com a ponta dos dedos de texturar memórias.
Metade da minha vida tem o grão
de um papel fotográfico,
o teu riso
avó
ainda é baço e a preto e branco,
mas eu conheço-lhe o som quase rouco
e sei ao que sabe o encosto
da minha cabeça ao teu peito avultado.

HERANÇA

Espero que os meus pais
partam tarde, muito tarde
e muito rápido,
depois dos netos e dos disparates,
depois de termos todos voltado
das nossas emigrações.
Só serei capaz se tiver a minha irmã.
A minha irmã será sempre
a maior herança
que alguma vez me deixarão
em testamento.

CHUVA

Cedo consegui entender
o porquê da chuva-molha-tolos
deixar tanta gente encharcada.

No entanto, ainda hoje
me pergunto quem molhará
uma chuva de estrelas.

OUTONO

à Sara

Há um sítio onde as estações descaem
e o pigmento de outono nos sobe à boca.
O mesmo sítio onde a velocidade
do vento desencontra orifícios
e a queda suspensa nos sustém a respiração.
É nesse sítio que o infinito, tão
perto, nos toca nos fios dos cabelos
e faz mais por nós do que um suspiro.

SOLIDÃO

Aqui o tempo já passou e despiu as árvores,
o inverno já se afirma na chuva incessante.
Acumulam-se os domingos e, de repente,
no frio gélido, acendem-se as luzes de outro fim.
Desta vez tenho como aquecer os pés,
tenho alguém a quem escrever sem ir ao correio,
tenho, acima de tudo, alguém onde chegar a casa.
Sempre sonhei dançar abraçada de gola alta
no breu das seis e meia –
isso era no tempo em que achávamos que a vida
podia ser um baile,
agora, bem sei, desconstruir a solidão
exige mais do que o movimento dos corpos.
De agora em diante, no acumular dos domingos e,
ano sobre ano, dos natais,
talvez deixe de me incomodar o que não é mais
do que a continuação burocrática
do mesmíssimo resto da vida.

LUTO

Intrigam-me os cemitérios.
O fascínio de vê-los à noite e de cima
perde-se ao percorrê-los de dia.
Porque é que se ocupa tanto espaço com o abandono?
porque é que há tantos mortos em jazigos
quanto vivos sem abrigo?
Porque é que depois de uma vida,
uma só vida,
se morre tantas vezes?
Quando dizemos pela última vez o que pensamos;
quando o coração nos pára;
quando o médico nos declara o óbito;
quando nos enterram, nos queimam;
quando a última pessoa nos visita;
quando nos exumam os ossos já desconhecidos,
quando nos dissipam as cinzas.
Nada nos salva das mortes múltiplas,
uns apenas mais eternos que outros,
até mesmo os que enfiam no Panteão

para o retrato nacional:
Eusébio tinha tudo,
Sophia nem uma flor.

ANTAGONIA

Se os sábios ignoram
se os guias se perdem
se os elevadores descem
se as estruturas desabam
se os espelhos invertem
se os comediantes choram
se os mortos nascem,
querida,
não sei porque tu não hás de voltar.

GUERRA

Depois da primeira madrugada
em que partilhámos a cama,
os jornais da manhã diziam
COMEÇOU A GUERRA.
Eu achava que o que tinha começado era outra coisa
mas, com a mestria com que me conduziste para casa
e o domínio com que te encontraste
na topografia do meu corpo,
eu devia ter calculado que tudo fosse
uma estratégia dissimulada de invasão deste território.
O amor e a guerra são muitas vezes a mesma coisa,
em ambos somos nós que erguemos a sorte
usando os escombros dos bombardeamentos.
No amor e na guerra, a prece é a mesma:
por favor, dai-nos força para lutar.
O único desencontro está no que
o amor faz nascer, a guerra faz matar:

os nossos filhos.

METRÓPOLE

Uma vez os meus avós vieram à Metrópole, compraram um carro e fizeram uma viagem a acampar pela Europa, com duas crianças impiedosamente gozonas. Uma dessas noites fez muito vento, e o meu avô dormiu sentado a segurar a tenda por dentro. Consigo imaginá-lo carrancudo, agarrado às varas, com medo que a lona deixasse de proteger o sono dos pequenos.

Esta imagem cinematográfica ficou-me marcada na memória.

Uns anos depois de me contar esta história, o meu pai disse-me que, em '75, a minha avó veio de Angola para Portugal mais cedo com os filhos e o meu avô ficou a guardar a casa num país tempestuoso. A imagem que tenho do meu avô é a mesma: a dormir sentado, a segurar a casa com as mãos, com medo que o sonho dos pequenos ficasse sem cobertura. Que os filhos ficassem sem bens, sem infância, sem pai.

O meu avô nunca mais foi o mesmo.

RETORNO

Chegou quando toda a gente achava que não chegaria.
É tudo o que trago
é tudo o que trago
repetia como quem pede perdão.
Tudo num saco preto e leve.
Ainda assim, trazia os braços doridos
de carregar a vida inteira.
Pode agora ser pobre, frágil e indefeso
mas está vivo e continua a ser
o pai dos seus filhos.

ABERTURA

JANELA DO CONVENTO DE CRISTO EM TOMAR

Um país precisa de uma janela
por onde possa olhar.
Jorge Sousa Braga

Um país precisa também
do discernimento de saber
que essa janela
é só um enquadramento.

E que é preciso abrir as portas
sair à rua
dar volume às vozes caladas e,
foda-se,
contar a verdade!

ELEIÇÕES

O meu voto
é a minha bênção.

De quando em vez,
pesa-me nos ombros.
Feito cruz,
descanso o seu peso sobre papel.

CINZAS

Neste fevereiro doloroso,
o início do ano tem um travo de fim de mundo.
Talvez a quarta-feira de cinzas
se tenha abatido sobre nós
como uma tempestade de areia
e o Carnaval tenha sido apenas
a confirmação do nosso corpo.

SILÊNCIO

explicar con palabras de este mundo
que partió de mí un barco llevándome
Alejandra Pizarnik

Água estagnada no poço da alma
causada por falta de choro
leva a coração afundado e encolhido nos confins do tórax.
Era tudo o que eu conseguia ler do relatório médico,
que parecia ter todos os poemas que nunca te escrevi.
A depressão que tenho no peito, espero que compreendas,
é corrosão provocada por sussurros contidos,
provavelmente diagnosticada como arrependimento.
Era proibido falar de amor,
mayday,
essas águas inavegáveis.
As bandeiras vermelhas e os avisos amarelos
NÃO MERGULHAR
representavam talvez um subconsciente apelo ao desafio.

A culpa é minha, da eterna inocência
de querer apenas medir a temperatura
e ser levada por um pé descalço.
Mayday,
quando o sal fez arder as feridas
eu soube aquilo que toda a gente saberá,
já bastou Camões para definir o amor.
Sem querer descobri mais sobre o meu hemisfério suicida,
é corajoso — tão estúpido, mas corajoso —
pensar o amor como um exercício de natação.
Primeiro batem-se os pés,
depois flutua-se,
de repente o mar é nosso.
Arrisquei uma história trágico-marítima sem barco,
mayday,
afoguei-me nos teus braços
como quem se afoga num alguidar,
mais um exemplo da geração perdida
no pânico do compromisso.
Mayday.
Mayday.
Mayday.

Que se fodam os Lusíadas,
que se fodam os descobrimentos,
a minha mãe merece-me viva,
preciso que me devolvam,
o espírito, as palavras, o próprio corpo,
mayday,
e que se fodam os barcos, as velas, as correntes,
eu quero o vento a soprar-me nos pulmões.

ACIDENTE

Depois do fétido silêncio,
depois do nevoeiro ter-se precipitado sobre mim
e com ele ter dissolvido a desilusão,
foi-me devolvida a beleza transbordante da metafísica.
Na parede branca pinta-se de novo
o movimento migratório das sombras.
Espantou-me que não se tivesse alterado com
a tua ausência,
se tudo parece ter morrido
com a tua ausência.
Mas, ao que parece, ainda tudo roda,
a terra sobre si própria e à volta do sol,
só a tua língua é que não roda mais a minha.
Foste um acidente biográfico e, por enquanto,
como a chuva, não serei mais do que um pedaço
de céu caído de fresco na necessidade
de aprender a viver sem amor.
Não tive forças para fingir a minha morte organizada,
mantenho o jardim botânico que plantaste

em minha casa com todas as flores que me deste.
Deixo tudo como está, a alma por corrigir,
eu ainda viva, apenas fantasmagoricamente
só.

SAUDADE

Eu li,
está poeticamente comprovado
que saudade
é doença óssea,
sim.

PARADOXO

O teu corpo é a nau por onde rasgo a floresta.
Viro-me do avesso para me encontrar neste reverso,
quanto mais me procuro mais me perco.
Levamos a vida na iminência do apocalipse,
dos últimos oito minutos de luz solar na terra
mas à chuva.
Estamos no pico do inverno e roças
o verão na minha boca,quase me fazes esquecer
a batalha do meu peito comunista
contra as tuas ideologias neoliberais.
Tu não reconheces o privilégio, ignoras a revolução.
Quando me pedes em casamento sinto que me perguntas
se quero morrer contigo. Não posso aceitar
que um amor assim me tranque por dentro,
Bernardo,
não me vou suspender no meu próprio abismo,
recuso ser uma descoberta arqueológica —
menos uma exumação em mais uma escavação.

A única forma que tenho de chegar é partindo –
vou pelo meu próprio pé.
Não me sigas.

DESILUSÃO

A primeira vez que me apaixonei por ti,
arrombei tudo.
Parti, quebrei, estourei o coração
e todos os espelhos em que me reconhecia:
sete anos de azar eram uma sorte,
desde que fossem contigo.
Desde então, já me apaixonei por ti tantas vezes na vida
que não posso dizer que te amo contínua
mas repetidamente.
Contaminaste a poesia e isso é derradeiro.
Amei-te em todas as frentes de batalha,
aquelas em que atacaste ferozmente
e as outras em que te defendeste com medo.
Já fui arma, escudo, alvo,
perdoa-me por todas as vezes
em que fui a razão da guerra.
Quando falo de ti é como se estivesses morto,
uso o pretérito para o teu estado de existência.
Isso faz-me confusão, que a tua ausência

te transporte para a geração dos enterrados.
Mas sei-te vivo e julgo-te bem.
Feliz talvez não, não te veste. Conformado.
Encarando o estado perigoso da vida adulta
com a majestosidade da inocência,
fintando a surpresa
com a paciência que sempre te invejei.
Houve alguma coisa que me prendeu
na insignificância de nós dois
que finalmente sucumbe com eficácia
à vontade de te esquecer.
Quero o teu corpo intacto descoordenado com o meu,
poupa-me ao teu paradeiro.
Se as alterações climáticas fizeram deste
janeiro um tímido agosto,
também eu estou pronta para abdicar da primavera
que parece brotar cada vez que mencionam o teu nome.
Agora tenho maturidade para definições e,
no meu dicionário, primavera rima com desilusão.

VERÃO

Auscultas-me a barriga vazia
como se tivesses fome de te ver lá dentro.
Preparamos a terra para germinar,
o trabalho exaustivo dos corpos suados
e oscilantes
a hora da rega
a hora da sesta
o pousio.
Espantamo-nos para que nos sobrem pássaros
que nos ensinem a ver da altitude das nuvens.
Negamos a guerra para vacilar
na ostentação da felicidade chorada
e inoxidável
o verão como estação primeira
o dia de festa
o poema.

JACARANDÁS

Nota de esperança para a humanidade:
os jacarandás estão em flor.

Daniela Frias Guerra (1997) nasceu à pressa em Lisboa, onde agora volta regularmente a casa. Branca nos privilégios mas morena de pele. Ateia mas não praticante, dada a crença oportunista na astrologia. Activista mas preguiçosa. Arquitecta (FAUP, 2021) de espaços e ansiedades. Vive no Porto, assombrada com a probabilidade de emigrar. Prémios não tem nenhum, a não ser um de Carnaval da escola primária, com uma máscara que hoje seria apropriação cultural. Estes são os seus primeiros escritos publicados. Escreve em frustrado desacordo ortográfico.

PRIMEIRA EDIÇÃO
VERÃO, BARREIRO
INVERNO, COTIA
MMXXIV